游詠麟之古典詩詞

游詠麟 著

自序

再四年就知天命之年，未嘗不惆悵獨傷悲之感，於是悄悄然至大溪公園充飢精神糧食，倍覺古來聖賢皆寂寞，而非飲者留其名，而是寂寞養殘生。

現今的莘莘學子，都是為赴京趕考，而埋首苦讀，這過程吾親身經歷過，而今我讀書是獨樂樂，不如眾樂樂也，內心倍覺古人雖自愛，今人多不彈之感。

偷閒：在目前工商社會是很奢侈的名詞，然而要忙裡偷閒就是一門工夫，於是大溪公園是我休憩的隱身所，近讀古詩，偶有會心之處，今以公之同好，不知當否！

1、感情要豐富。

2、多閱讀古典詩詞以累積文學學識。

3、多揣摩古賢之士各家之所長（俟即得之長，則不難融化而自成風格）又學古詩，以「清新」二字為主，「清新」見於杜詩，去陳而新之謂及宋的的比興為尚，亦就是多贈古人數詩耳，當必推陳出新，別開生面，蓋詩屬上乘，然初學者時，無索取法，但經過日精月華之錘鍊，終必自成格調，所謂始於模擬，終就創作也。

吾獨愛、唐、韋莊、荷葉杯一詞

原詞：

記得那年花下，深夜，初識謝娘時，水堂西面畫簾垂，攜手暗相期。

惆悵曉鶯殘月，相別從此相音塵，如今俱是異鄉人，相見更無因。

好一個如今俱是異鄉人
相見更無因

寫情侶離散流落，相見無期的感傷，亦讓我這拙夫至今仍十一哥（台語）單身之意，憶起二十年前初戀情人，亦寫了一首訴衷曲的一詞。

如夢令

簞室幾杯清酒
苦裡兩眉深縐
何處是芳天
堪那酒甦愁透
知否！知否！
腸斷為伊消瘦

吾雖言古來聖賢皆寂寞，非飲者留其名，但飲下之筆作，亦希留其名。日日思君不見君，雨聲疑是玉人來，多情自古空餘恨，且把今宵飲酒歡。唉！（長嘆一聲）酩睡吧！明日又得忙裡「偷閒」至公園閱讀李白的將進酒。

二〇〇七年 國曆十二月一日

游詠麟 執筆於寒舍

目次

五言絕句篇

七言絕句篇

古典詞篇

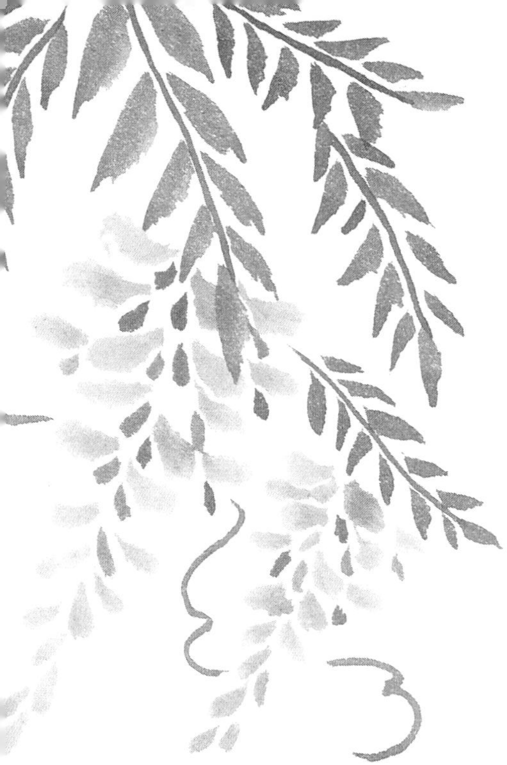

五言绝句篇

思佳人

日夕望天邊
心思明月探(ㄊㄢ)
多情空自恨
寄語漢溪言

譯文

早晚望著夕陽天邊的那一邊，我心中思念的佳人祇有那明亮的月光了解我的心事。啊！自作多情暗暗空自落淚，祇有將心中寄語的相思之情拋入大漢溪隨波逐流吧！

怨

吟風單雁叫
淚灑春風啼
獨飲淚橫縱
可知心念伊

譯文

冷冷的北風祇聽那孤雁在哭啼，轉眼淚灑在春風愁雨之中，自己獨自淚流縱橫無法自己，你可知我心中想念的是誰嗎？

春戀

晨雀食田粒
昏蟬春夢甦
今朝春已過
何夕此談乎

譯文

清晨麻雀進食田畝中米粒，黃昏蟬鳴吱吱聲甦醒春天夢幻，你可知今朝春天已過，夏天來臨時，我不知何年何月能在此跟妳談笑風生呢？

淚思

癡蛙獨自歸
低頻皺橫眉
但見淚眶水
不知心念誰

譯文

一隻癡情的青蛙望著天邊夜空繁星點點，不知不覺地低下頭來皺起眉頭來。但看到它眼眶淚水滿溢，不知道它心中想念的是誰啊！

焦歸

更閑恬篆皋
不眠到今宵
概是心思重
行愁慢慢歸

譯文

三更夜閑人靜祇見那蝸牛在池塘邊慢慢地遊走，那麼晚了它不睡覺是為了什麼原因呢？我想大概是心思佳人而憂慮重重！而行走愁慮地回家路上慢慢歸去吧！

訴蜻

陋舍念思君
佳人無法明
焦憂愁更悵
把酒話蜻蛉

譯文

在家徒四壁裡地思念起她來，但是思念的人兒是無法知道的，不知不覺得更加焦慮憂愁惆悵起來，於是盡情地喝起酒來，將心中的話告訴蜻蛉。

讚詠（一）

芙蓉出水清
霽月花開明
雪白美如玉
佳人梅品瑩

譯文

素淨如芙蓉出水脫俗不落俗套，妳的心猶如皓月般皎潔啊！如此皓雪細白美潔如玉冰清般！美麗的愛人，妳的品格猶如梅花那樣高雅清香啊！

讚詠（二）

佳人素德揚
蓮朵芬菲芳
養性清真品
幽篁花自香

譯文

美麗的女人啊！妳的素養品德猶如花兒芬香四溢，亦如蓮花出淤泥芳香陣放，妳的修身德性清高，貞潔品德讓人歌頌啊！亦猶在空谷花兒自己自然飄香起來。

高風

草木本無心
幽篁王者馨
無人信亮潔
明月表予心

譯文

花草樹木本來是無心自潔讓人歌頌的，在幽谷深山裡花兒自個兒飄香起來，沒有人能相信他們的高風亮潔，然而祇有明亮皎潔月光能表達他們的心啊！

思愁

思君望夜樓
突瞥夜貓遊
燈下貓人對
貓矑人更惆

譯文

思念佳人仰望天邊的夜空，突然看到夜貓在遊逛，夜燈下夜貓與我相望對著，我看到貓的眼睛有我的影子，使得我心情更加惆悵起來。

歡言

清風入戶帘
和月步闌珊
女子青樓好
金樽把手言

譯文

清清的風吹進那戶帘，在和月下閑步更顯得慵懶步履，我思念煙花女子嬌態美好，我高興的把手舉起酒杯，自己言語一番啊！

泣

心心心已儀
淚淚淚流滴
兀兀兀腸泣
懷懷懷盼祈

譯文

啊！我心中的心早已有心儀之人啊！我為妳流淚，淚流多少啊！獨自為了妳哭斷腸而哭泣！祇懷盼懷盼妳過得比我好啊！

怡然

水清見魚遊
鳥語知花香
野鶴孤雲處
青山空谷間

註：此首非五言絕句

譯文

溪水清澈見到魚兒在水中自在的遊來遊去，鳥語是知道花兒的清香，野鶴是樂在孤雲深處啊！青山是閒置在空谷之間啊！

頌

明月如霜
春風如妹
秋景如夢
白雲如花

註：此首非五言絶句

譯文

皎潔明亮的月光猶如下霜那樣潔白，春天的和風猶如少女般清純，秋天的景色猶如夢幻般的美麗，天上的白雲一片片猶如花般美麗。

故鄉遇佳人廟君訴心思

久逢話寒暄，遷居永和市
大溪出佳人，原本是故鄉
一日長羽翼，遊冥佳人居
草木本有心，他鄉不見人
佳人入我夢，應是長相憶
今朝訴關帝，告白內之心
日夕惟空意，人誰感至情
有誰知肺腑，忘言是關帝

譯文

與妳久別重逢，噓寒問暖得知妳遷居永和市，常言說大溪出美女，妳原是大溪故鄉人。有一天我作夢長了翅膀，遊玩佳人永和住的地方。草木的我是有心去找妳，他鄉卻見不到妳的蹤影，佳人的倩影今夜侵入我的夢中，應該是我時常對妳的思念相憶，今天到關廟燒香燈，告訴我內心的心事，我早晚對妳之情意，有誰能感到我至深至情的情義，又有誰能知道我內心肺腑之情，我想祇有關聖帝君了解我吧！

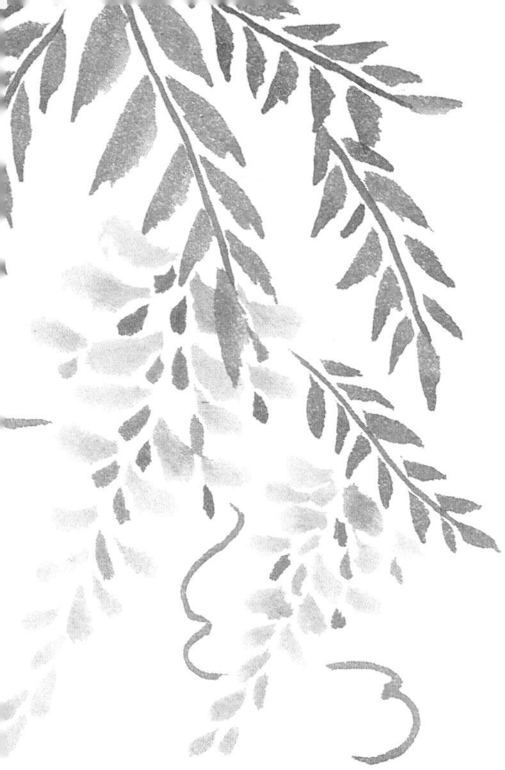

七言绝句篇

冬醉

問花花去又一冬
庭院蕭蕭憂幾重
好把今宵飲酒樂
魂飛又醉佳人中

譯文

問花花落凋謝又過了一冬。庭院顯得蕭然、惆悵、憂傷好幾重啊！且把握這良宵夜景飲酒作樂一番。喝得魂飛魄散又醉於佳人懷抱之中，不知有多好啊！

歡飲

幾度秋風幾度悲
好花堪折願相隨
空杯飲盡一壺酒
此意人生有幾回

譯文

幾度的秋風更顯得幾度惆悵，美麗的花蕊堪折時就須馬上直折於身邊相隨啊！飲酒飲到空了杯子，您說這樣的人生快樂能有幾回呢？

秋念

桂花八月最唯香
一葉秋風半夜涼
暮色高歌酌酒樂
花開皓月照心房

譯文

桂花在八月是馨香四溢，三更半夜秋風吹起一片片樹葉，倍覺清涼。夜色下飲酒高歌作樂一番，綻放的花朵、皎潔的月光下，照在那有心人的身上，倍覺哀愁了。

尋春

秋風故里客游情
玉閣青樓春意濃
一醉銷魂無限意
明朝憾月歸何塵

譯文

在這涼爽秋風下回到自己的故里，一路上遊客顯得特別濃情。不知不覺到了玉閣瓊樓的煙花女子中，春意顯得特別濃情。一醉喝得魂消魄散充滿無限的愛意，明天一覺醒來，也不知道身居何方啊！

功名

此去為君酒一樽
京都金榜留其聲
依依不捨不留語
好把名聲身後名

譯文

你這一次要到京都考試，我為你敬上酒一杯。我希望你能在京都金榜題名留其聲望，跟你顯得依依不捨，我沒有留下什麼話語，祇希望你能好好把名聲身後永遠流傳。

別歡

莫嘆人生須縱情
金樽一別淚沾襟
三更作伴別離酒
長恨悠悠滴到明

譯文

請你不要感嘆人生須盡情放縱，我們飲酒一別眼淚沾濕了我的衣襟。離別之酒我們喝到三更半夜，我感嘆露水滴到都快要天明了。

殘愛

細語情弦已半殘
秋風和月幾時寒
多情無計傷心處
無奈此情須問天

譯文

綿綿的細語猶如情弦一般殘缺不明，秋天的和風顯得有些寒冷，多情的我無法計處於傷心的地方，無奈對妳的愛衹能問於無情的蒼天啊！

淚思

落日曇花已十秋
故人醇酒舞徘游
思君愁淚知多少
卻道夢逢淚更愁

譯文

朝起朝落猶如曇花一現已十年了。如今你我老朋友多年不見，互相飲酒妙舞徘游。你可知道我思念你留了多少淚？你可知道嗎？其實我在夢中思念流的思愁淚更多呢！

花嫁

落花有意似無情
出水芙蓉花影行
一葉風情有意醉
明朝何夕嫁東風

譯文

落花下好像對我有意又好像無情。妳呢，就像是那芙蓉出水般那樣美麗，隨著花的影隨風飄動。妳知道嗎？連一片葉子都對妳為之陶醉，那明天東風一吹，妳之情歸嫁到何處呢？

寄情

斜風細雨露華濃
花有清香秋幾重
我寄愁心花與月
明朝依舊夕陽紅

譯文

殘斜的微風、綿綿的細雨，露滴的水顯得特別濃厚。花的清香在秋天更顯得特別深重。我寄出我對妳的思愁的風花雪月，那又能如何呢？因為明天一早起來依然夕陽紅呢！

送別

五月春風六月臨
芬芳茉莉正清新
勸君飲盡一壺酒
此去他鄉無故人

譯文

五月的清風徐徐吹起，六月的夏風也跟著隨之而來。茉莉花在此時也是最芳香四溢。我勸妳歡飲這桶美酒，因為妳這一去他鄉，再也沒有老朋友與妳暢談飲酒了。

為君

今宵一別為君流
愛上青樓女子遊
莫嘆人生自飲酒
如今消瘦為君愁

譯文

今夜良宵妳我一別，我的眼淚是為妳而流啊！只因為我愛上妳這煙花女子啊！請妳不要嘆息我這一生都是自己飲酒，如今的我如此清瘦都是為妳啊！

秋別

明月清風好個秋
夜寒未老為君愁
空杯飲酒無人勸
登上高樓又一休

譯文

清明的月、清透的風，真是好個秋天。夜的寒冷雖未到三更半夜，可是我心中為妳而愁慮。我喝到酒杯都已空了也無人勸。我獨自登上更高一層的樓望著妳，又能如何呢？還不是又過完了一天了。

思君

日日思君不見君
雨聲疑是玉人云
多情自古空餘恨
且把今宵飲酒吻

譯文

每天總是思念佳人卻見不到她的蹤影。窗外的下雨聲以為是日夜盼望的佳人來啊！多情的人自古以來，總是遺憾終身的。暫且把她給忘了，好好把今夜良宵盡情飲酒作樂一番吧！

吟心

瑞玉冰心花自馨
珠簾晶透吟春嬪
有言花白娟娟淨
恰似一輪明月心

譯文

冰潔的心猶如不染之祥瑞的玉。花兒的香味自然向四方溢散。珍珠串起窗簾晶瑩透徹。吟詠著春風，有如告訴雪白的花嬌美柔淨一般，恰如一輪明亮皓皎的月光罩入我的心啊！

情

情葉掃階暗影塵
清風和月本無心
燕潭空去暗留影
無語彩霞總是氤

譯文

有情多情的葉掃落整個階梯，月光下影子已塵埃，妳可知道清風和月本是無心，而燕度寒潭一去空留影子，無言的話語彩霞猶如煙霧般煙消雲散！

憶佳人

聞言佳女大溪名
朝夕見聞如此風
元旦窺逢佳女落
領知落雁沉魚經

譯文

聽說大溪出美女而聞名，但是，我早晚看到的大溪女子，也不過如此啊！元旦過年無意看到妳猶如仙女下凡般，才領略到美女的沉魚落雁來的含意。

念

清風明月伴佳人
露滴酒甦愁煞人
妹女不知何處去
相思愁悵了無云

譯文

清柔的和風，明亮的月光下，與所愛的人相伴著。三更的露水滴醒昨夜喝醉的我，醒來的我卻不知所愛的人到了哪裡去。內心的思念與懊惱失望是沒有盡期的。

淚思

閑步冥思關廟前
眼前漢水泣潺潺
沾襟含哽為誰念
唯恐漢溪知吾言

譯文

獨自一個人慢慢地走到關廟面前，映入眼簾大漢水流水潺潺地哭泣。淚水沾滿衣襟含著眼淚。到底是為了哪個女子來思念。我想唯一恐怕只有大漢的溪水知道我的內心世界吧！

讚大溪中正公園

仙境悠悠德行宿
絕煙草木無塵灰
好似仙石相映處
更高松雪壁晨輝

譯文

如仙境一般、安閒自適是品德高尚行為亮潔居住的好地方。清淨無煙的草木一塵不染，好似鮮璧石頭互相映輝之處，媲美松雪如此亮潔相得益彰。

春夢園

庭院蕭蕭鎖住園
茫茫故里酒杯寒
思君春眠不知處
明日夢回春雨言

譯文

庭院蕭索冷漠深深地鎖在花園裡，滄海桑田回到故里，喝得酒杯空空？思念佳人，春天睡覺還不知道何年何月。明天夢醒迴盪春天雨，才知道我內心深處呢？

問君

含淚問花花不衷
黃昏落日燕子鳴
佳人倩影夜侵夢
滄海桑田何處尋

譯文

含著眼淚獨自問花，花兒卻不回答。夕陽西下燕兒聲聲地哭啼。美麗愛人的手姿深夜進入我夢中，然而人海茫茫，我要到哪裡去尋找妳呢？

追夢

一夢南柯已惑年
今朝春水向東沿
功名富貴隨風去
恰似飛鴻一點煙

譯文

世事無常一覺醒來已過了四十歲了，今天的早上春水向東邊流去，猶如功名與榮華富貴都隨風而去，亦如飛鴻輕輕地留一點波痕！

流水無情

問余何事淒淒嗚
半夢一簾心念君
寄語漢溪原有意
落花流水總無情

譯文

問我為了什麼事而哀戚呢？然而一半夢中甦醒一簾幽夢，心中想念的是妳啊！唯有將思念之情寄託大漢溪聊表情意！花飄落下來原以為有情，卻是一番了無心意之無情吧！

惆

山篁幽靜令人沉
蛐蟺喈喈酒夕音
感語聲聲傳入耳
聞酸心許誰堪情

譯文

山谷裡清幽靈靜令人發思古幽情，蚯蚓不協調早晚發出音調，感動的語調聲聲傳入我的耳朵。聽起來多心碎，它心中許願又有誰知道呢？

追思

正旦佳人大廟逢
山窮水遠何方行
欲知麗女今何處
倩影祇能在夢中

譯文

元旦過年在大廟跟心中思念佳人不期而遇，如今想知道美麗的女子在何處。人海茫茫山窮水遠，我要到哪邊去尋找妳呢？妳美麗倩影的手姿我祇能在夢中尋找妳啊！

逑

伊人秋水在一方
文士妹人自德香
淑女窈窕君子好
佳人雪白梅含香

譯文

美麗佳人在池水的另一方，她是一位才女出眾自高同德行啊！像妳這樣美麗窈窕淑女，猶如梅花含香出眾，是眾正人君子想追求的啊！

春戀

正旦梅花處處香
念茲佳女今何方
仰看(ㄎㄢ)回首無人問
幾度春風幾度霜

譯文

元旦梅花綻放處處可見，讓我想起心中的女子如今在何方呢？驀然回首一望，沒有人問起我心中思念誰啊！我到底度過了幾個春風幾度愁悵呢！

遊大溪公園

素房池影隨風移
葉影星稀弄月迷
香遠慧心如欲語
芙蓉吟詠暗心儀

譯文

蓮花的姿影在池畔中隨著輕風慢慢移動著，婆娑樹葉在稀疏的星星月光下的戲弄著，清香深遠之心，嬌滴猶如想與我訴說心語，芙蓉花亦獨自吟詩作對地讚美妳的芳香啊！

香閨

清風明月伴佳人
雅室晚涼暗自吟
滿院花開芳草碧
香閨之有正清新

譯文

淡淡的清風明亮的月光下陪伴佳人隨行，在優雅的房屋，舒適猶如大地初開般純樸美麗，在滿庭芳院子看著花開芳草碧連天，佳人的閨房是如此清雅芳香啊！

佳人

胡閣馨香滿室庭
芳蘭竟體清風明
芙蓉出水美如玉
仁態雪腮本麗人

譯文

胡女人家滿院清香馨遠，佳人身材盈溢馨香猶如清風高雅脫俗般，如此素淨脫俗的女人，清淨美麗如玉一般芳姿容貌本來就是一代佳人啊！

花落

細語斜風春露寒
巧雲芳草雁聲單
香消含笑落花淚
今夜晚風恨水涓

譯文

斜風細雨綿綿倍覺春之露水特別寒冷，如此巧色的雲天衰草接連著天，景光褪色含著淚兒花都流淚，今天晚上夜色特別恨水向東邊流去。

佳人思君

含煙雨夜吐心紅
淚灑美妝衹為君
且把金釵髮髻束
思君掛月寄流星

譯文

羞澀煙雨濛濛雨夜花之色蕊一顆，綻放紅色般，女孩淚水灑滴著，在美麗的衣服上思念君祇是為了他啊！且把金色釵針頭髮束髻起來，思念託掛月光寄語託付浮雲卻都是為了他啊！

聞郎童

兀坐安然意吾心
岸邊默默消遙音
少郎秋月歌垂釣
魚緜上釣樂有情

譯文

我獨自默默坐落石頭上怡然自得悟得我心，溪岸邊黯然傳來自得消遙之音，我看到少年即在秋天月亮皎潔下垂釣溪魚，那少年即釣得又肥又大的魚，快樂的表情寫在他臉上啊！

佳人

眉柳細腰花似玉
清芬腮雪染芸紅
君子芝蘭自雅士
清風明月佳人中

譯文

眉毛彎彎腰兒細細如楊柳般，容貌如花般美麗，清清淡淡芳香四溢，她自稱猶如君子般之蘭花出淤泥不染的雅士啊！妳呀猶如清澈風、明亮的月光，有此佳人陪伴多好啊！

遊大溪公園賓館

皎雲竹幌影隨行
枒釣雲梅三兩紅
園館無心松子落
忘言應是志清亭

譯文

竹子的影子搖幌隨著皎白的浮雲移行著，樹枒亦稀疏三兩雪紅梅點綴著，賓館的松樹無新的菓子掉落下來，了解我心意應是志清亭吧！

盈淚思情

燕子樹梢淚泣音
遠聞不道心酸云
聽遊佳女大溪過
珠淚盈盈憶麗人

譯文

燕子在樹梢上斷腸地哭泣著，遠遠就能聽到它哀泣聲心酸語，聽說思念的佳人來到大溪遊玩而匆匆過去，我的淚珠猶如燕子泣不成聲。思念她啊！

少女心香

娉婷玉立二三歲
茉莉仙花六月香
芬芳百里永和市
雪面粉腮總不彰

譯文

妳長得輕盈柔巧美好漂亮，剛好二十三歲，妳就像茉莉仙花六月正清香，散播整個永和市，城市的少女少婦化妝後再美麗也不如妳來的漂亮啊！

詠

亮潔高風本玉人
秀才妹女娟娟然
今宵皓月酒酣樂
一曲高歌成影人

譯文

妳阿，光明磊落和志潔和人格本然就像皎潔月亮般，妳啊才華出眾皎美自然之樣子，何不乘今夜皎潔月光下飲酒作樂一番，我們醉得高歌一曲成雙成影好不快樂啊！

悟

水在瓶中見月天
青山深處白雲閑
花開富貴如來佛
恰似菩提空谷間

譯文

水在瓶子之中更顯得月亮潔明，青山深處更顯得白雲悠閒，花開並蒂更顯得如來佛高貴清潔，這一切一切都覺悟於空谷自然間。

德馨

蘇閣素房滿室馨
清風靈德檀心聞
孤芳雅友清高竹
秀外慧中本玉人

譯文

蘇女房間窗外蓮花處處開花，花香於滿室之間，清風靈氣得之高素心妝，孤芳自賞高雅之友唯清高之竹，妳長得如此靈氣秀外慧中本來就是一代佳人啊！

思慮

獨自公園享靜閒
夜昏群鳥隱歸南
溪亭遠慮天邊際
竊寐佳人入眼簾

譯文

獨自一個人在公園偷得浮生半日閒，黃昏一群群的不知鳥兒飛翔到自己窩裡，大溪公園亭裡眼眺天邊無際，早晚思念的佳人好似映入我眼簾來。

遊大溪公園

寒露紛葩天鳥棲
一枝琴月樹枝移
君心有意月人老
有道冰寒又一披

譯文

寒夜冬天的露水稀稀落落紛紛飄落在天堂鳥花蕊上，一棵榕樹的枝竿猶如弦掛在月亮兒搖晃著，我的心對看佳人是真情真意，可是歲月催人老，有言冰冷的冬天又一年過去了。

讚詠

幽篁般若花開明
蓮品淤泥不染塵
松竹菩提如欲語
心靈花草茶飄情

譯文

深山幽谷令人倍覺生命無常，花朵開得特別明潔，蓮花品德出淤泥而不受污染，深山松柏覺悟到智慧好似要告知別人它心悟身心與花草合而為一。遠遠淡淡地飄來茶之香味。

暗戀

佳人皓齒美如犀
君子好逑心羨伊
含淚多情空自恨
春風不解有心淒

譯文

佳人在皎皓的月光照耀下更顯得漂亮無比，佳人身邊已有君伴隨著，我內心羨慕那男子，含著眼淚自古多情總是空餘恨。春風啊！春風啊！你是不會了解有心人心中的淒涼。

憶佳人

秀外慧中惹愛意
朱唇皓齒美如犀
佳人倩影夜侵夢
斯景仙間祇有伊

譯文

長得秀外慧中特別惹人憐愛，紅紅的嘴唇、雪白的牙齒美得無話可說。佳人的倩影深夜侵入我的夢，此景此情祇有在天上的仙間才看得到啊！

馨香

素房雅質出淤泥
空谷幽然馨自移
雪面娟然天女落
猶如九品蓮花矣

譯文

生長於淤泥中的蓮花長得高雅氣質。深山的空谷是自己自然飄香起來的，那女子長得如此皎美柔態猶如天女下凡般，亦如九品蓮花般馨香而不染塵啊！

癡戀

垂目窗簾淚雨浸
一詞心語醉花蔭
朝夕欲知佳女況
雨聲打醒念癡人

譯文

夕陽黃昏站在窗簾下聽下雨聲，獨自掉眼淚。於是作了一首古典詞醉花蔭，早晚要知道那女子最近的狀況如何，下雨聲打醒我這個癡癡念念的人。

春愁

月影星稀故里遊
今宵妹女令人憂
一斛清酒斷腸醉
無奈春風不解愁

譯文

在月光下人影星稀顯得孤寂，於是回故鄉一遊啊！今夜為了這位少女思起憂愁想念她啊！不如飲一斛清酒喝得斷腸宿醉啊！無可奈何春風還是不了解我心中的愁慮！

愁飲

秋風幾度逼人催
試問佳人何日歸
莫使金樽空對月
再來一斗酒千杯

譯文

秋風蕭蕭好幾次像是逼人催促回鄉，請問妳這美麗的好女孩什麼時候回來。妳不要讓我空拿著酒杯對著明亮皎潔的月亮。啊！思念妳，再飲一斗的酒，千杯也不醉啊！

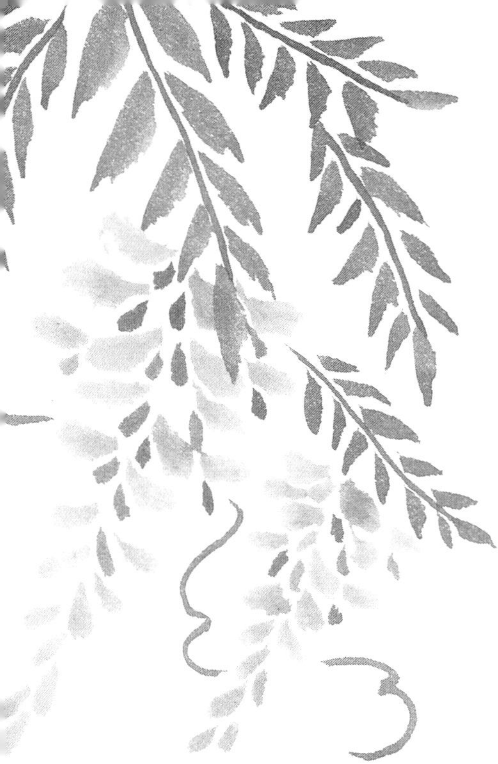

古典詞篇

如夢令（一）

篳室幾杯清酒
苦裡兩眉深縐
何處是芳天
堪那酒甦愁透
知否！知否！
腸斷為伊消瘦

譯文

在自己簡陋的房子喝上幾杯清酒，清酒的苦味喝得我兩道眉毛深深皺鎖著，何處是芳草碧連天呢？不堪那酒後甦醒的愁慮，你知道嗎？你知道嗎？我喝得柔腸寸斷日漸消瘦都是為了她啊！

如夢令（二）

人去樓空吹影
殘月伴君幽蔭
語淚夢相思
吹不散新愁恨
春盡！春盡！
垂淚斷腸花影

譯文

美麗的人兒走了樓房顯得空空憁憁的。還依然吹笛的聲音，殘破得月亮伴我更顯得淒幽愁怨起來。我的淚兒訴說著夜夜夢裡對妳的相思，那春風吹不散我心中新添加之愁恨。春天到了盡頭，春天到了盡頭，我為妳哭得柔腸寸斷，花兒的影子亦跟我顯得日漸消瘦啊！

如夢令（三）

佳女清如花秀
秋雨不知喝酒
甦醒夢中人
一縷輕雲初透
依舊！依舊！
花落淚流消瘦

譯文

美麗的女孩子妳的潔淨猶如花蕊那樣的娟秀，秋天的雨你是不知道我是為誰兒喝得爛醉如泥。半夜不知不覺從夢中醒來，一縷輕薄的雲猶如剛初透的雲霧般，依然的景物，依然的景物，花兒亦跟我一樣淚流滿面地消瘦起來。

如夢令（四）

昨日春花開盡
綠瘦殘花休恨
試問夜歸人
吹簫斷聲疏影
沽飲！沽飲！
獨自掬花垂問

譯文

春天的花兒在昨天慢慢甦醒起來，然而經過一天的風雨，綠葉凋零花兒殘缺不堪，請問夜晚回來的人兒，那吹簫的聲音斷斷續續有著疏缺的芳影。你是否聽到或看到我的她的芳影，酒盡情喝了吧！盡情喝了吧！獨自個兒問起花，何時能在再見她，不自覺的流下淚來。

如夢令（五）

明月青樓春去
歌韻半空吹絮
清酒伴佳人
夜夜玉壺高舉
魂語！魂語！
何日玉人相遇！

譯文

在明亮皓潔月光下，酒樓之春天風光慢慢退去，酒樓笙歌音樂猶如在半空中吹著笛音。在酒樓有美麗佳人陪伴著，夜夜笙歌喝酒。魂魄說著、魂魄說著，酒樓的美人這一去，我不知道何日能再與妳相遇啊！

如夢令（六）

魂夢愁腸休語
莫恨花飛東去
枕上淚垂涼
高登樓台花絮
春語！春語！
思念玉人何去！

譯文

請你不要問我為什麼為她魂牽夢繫，柔腸寸斷，亦不要怨恨花兒向東邊飛去。枕頭上淚兒透濕亦涼了。再登高，上樓的樓台花兒一瓣瓣地謝了。春天好說話啊！春天好說話啊！我日日夜夜思念美麗佳人如今在何方呢！

如夢令（七）

素書佳人如晤
長憶倩姿入幕
一掬淚相思
新月如鈎更露
知故！知故！
滄海玉人何處！

譯文

親愛女孩子妳猶素書那樣美麗，看書好似見到妳般，我對妳思念的美麗倩影常入我眼幕。一手掬起我對妳思念的眼淚，妳可知那三更半夜露滴下在那就月如鈎。妳知道嗎？妳知道嗎？人海茫茫我不知道妳如今在什麼地方啊！

如夢令（八）

夜籟佳人如碧
一句一詩思意
封筆又親題
含淚出門投遞
花曳！花曳！
殘月瘦人天氣

譯文

三更半夜猶如見到美麗女子般，我寫給妳的每句話每首詩，都是我對妳的思念，寫完了又親自題了名，含著對妳的思念的眼淚出去投信。花兒凋謝！花兒凋謝！好個殘缺的月，令人消瘦的天氣。

如夢令（九）

曾訪永和佳女
芳朵妤人如玉
常記別伊時
別緒離愁惆慮
無語！無語！
生怕落花飄去

譯文

曾經訪問過永和的美女，妳長得像花兒一樣漂亮，如玉一般清澈美麗。常常記得與妳一別的情景，離別的情緒懊惱失望的樣子，我默默無語，我默默無語，我很怕看到那大自然飄下的花蕊！

點絳唇（一）

正色花開
一笙吹笛聲聲語
思念無許
時回首不聚
霜月紅蓮
淡香幽篁俱
潺潺去
念逢芳女
借引聽風雨

譯文

正綻放著漂亮綻開的花蕊，然而歌聲吹笛聲韻，聲聲充滿著哀愁，思念佳人的時間是沒有盡期的。真是回首不可話當年，在霜冷的月裡正紅的蓮花，淡淡的幽香在山篁裡慢慢向四方溢散，如此情景淚潸潸地流，思念什麼時候再與此佳女重逢，祇能藉著聽風雨聲已解相思之愁。

點絳唇（二）

夜吟春寒
袖帷枕前影霜雪
正色雲疊
相望何時語
莫道情薄
祇是君心絕
魂消夜
月華殘月
落淚傷心別

譯文

深夜啜飲著春風，獨自個兒於房間裡雙眼流淚沾濕在枕頭前，春天的景色雲而顯得單薄。我與雲層相望是沒有盡頭的，請你不要說我情意淡薄，祇是伊人早已有人相伴著，魂消魄散於夢中，黑夜下花兒月殘，讓我想起落日那天傷心離別之日。

點絳唇（三）

樹影孤枝
恨君此去無相否
故人他遊
相遇卻言瘦
莫問消零
祇是心頭有
空杯酒
莫言春透
同是離人後

譯文

單調樹枝下有妳孤獨的影子，恨妳這一別離我再也無人與我相隨。然而我們老朋友卻在他鄉相遇，感動得互相掉下眼淚來，請妳不要問我最近為什麼如此消極零落，祇因為我在月下心頭上早已冷寒沒有鬥志了，喝了吧！喝了吧！盡量的喝卻把杯子喝的盡空，趁這今日難得妳我久別重逢，也請妳不要說美好的春天景色即將過去，祇因為妳我都是離鄉過客的遊人罷了。

憶江南（一）

多少淚，魂夢憶人家
不識春風言心酸
天涯何處有芳草
擷取一枝花

譯文

不知流了多少眼淚，魂縈夢繫憶起少女的她。不識春風已來，卻言道心酸語。天涯海角何處地方有她的芳影倩姿。唉！不如擷取一朵鮮花以解相思之愁啊！

憶江南（二）

細雨漫！雲淡路迢遊
何處人家吹笛怨
誰人不起訴清愁
綠酒灑青樓

譯文

細雨漫漫，白雲淡清。路途遙遠，哪戶人家吹著笛子，如此哀怨。又有誰能不想起那初戀情人的淡淡幽愁，不如把那綠酒飄灑在那風花雪月的地方吧！

長相思（一）

風一更，雨一更
思念佳人夢不成
夜深濕潤襟
雨一聲，水一聲
幾處孤燈高陽城
醉魅方酒濃

譯文

一更的風，一更的雨，思念美麗的情人作夢也無法成眠。夜已深沉，眼淚濕潤整個衣襟。

雨一聲啊！水一聲啊！能有幾地方殘孤的燈照在亮處的陽台上。醉醒起來，人也無可奈何的啊！

長相思（二）

鳳仙花　水仙花
葩美芳菲芯省京
仙花難媲容
草菁菁　葉菁菁
芷若苓茸園圃叢
苦思能幾重

譯文

鳳仙花啊！水仙花啊！苞蕊美麗、芬芳濃郁向四方溢散整個城市。然而仙花雖美麗，也不如妳漂亮啊！

小草繁茂、樹葉也菁菁著。白堇花杜若香草、苓耳的白色的山花於園圃草叢到處長著。我獨自一個人苦苦思念佳人也無可奈何啊！又有幾重呢？

生查子（一）

夕陽楓葉紅
落目傷心淚
不見玉人來
酒醒清風醉
不知更夜深
嗟念青樓美
獨自淚盈盈
感嘆花流淚

譯文

夕陽西下照在楓葉顯得特別鮮紅。黃昏落日傷心離別之日，見不到漂亮的伊人到來。酒醉清醒後在清風明月下，不知不覺夜已深沉，特別懷念妓女院女子的溫柔體貼，自己獨自個兒淚潺潺地流下淚來，亦感嘆花兒也為我掉下眼淚來。

生查子（二）

一杯春露寒
自恨尋芳去
依杏被春迷
紅瘦傷心雨
別情依落花
花淚又花語
莫恨夜春寒
此去梨花絮

譯文

猶如飲了一杯春之露水，很懊惱自己去風花雪月一番，依然給杏花女子所迷惑。妳可知我那女朋友多傷心眼淚猶如下雨般，我跟他分手時依然猶花落般。她像花兒般流淚又像花兒殷殷地對我交代。請不要惱恨春天的夜晚是很寒冷的，此一別，猶如梨花般情絮。

醉花蔭（一）

燈暗憐君花在否
臥把青樓嗅
綠瘦月朦朧，花胖無君
且把空杯酒
冷牀淚灑衣襟透
枕上空垂皺
莫待攬青天，此去無心
魂斷鄉愁瘦

譯文

燈光昏暗憶起楚楚可憐的她，不知不覺落下思念的眼淚，醉臥在燈紅酒綠的地方。秋夜下綠夜瘦細，月兒顯得更加朦朧。花蕊雖鮮美，然而身旁無君相伴，且把酒杯剩下的一些殘酒飲盡，在冷冷的牀邊眼淚早已濕透了衣服。枕頭上獨自一個人垂低眼語，不要等待握攬天上無雲的青空，祇因為此刻離開故鄉亦覺得無力從心，魂魄早已斷了我這鄉愁之客了。

醉花蔭（二）

春雨樓台春滿景
無語庭芳景
幽遠祇悽涼，獨愛芭蕉
春色難留影
秋風酒肆杯常飲
湧上心頭冷
花落更殘紅，窗外綿綿，
一覺何歸境

譯文

站在春雨樓台上，溢滿著春雨。心中悵然無語依靠在欄杆上。放眼望去幽谷遂遠的景色祇感到淒涼。然而獨鍾愛芭蕉，在春天的景色也無法留住它的蹤影。轉眼秋風涼意心頭冷，酒杯溢滿著常常的飲盡歡。花兒凋落更加殘缺楓紅，窗外秋雨綿綿，一覺醒來自己已不知在什麼地方。

清平樂

笙歌淒調，魂斷溪橋繞
飛去飛回單燕叫
侵醒呢喃心度
傷心獨唱東風
淒涼無語飄零
身世凋零惆悵
天涯同是遊都

譯文

聽到歌樂聲淒涼哀怨的曲調，讓人魂斷魄散在溪橋上。看到飛來飛去的孤燕在啼叫著，叫聲侵醒我心中呢喃心事。我傷心落淚而自己獨自個兒獨唱東風，悲淒哀涼默默無語漸漸飄零消瘦。想起自己的身世，從小零落單寒兒惆悵起來。燕兒啊！燕兒啊！你我都是它鄉過客的遊人罷了。

調笑令

拂竹！拂竹！
月斜寒雲獨處
煙中空谷幽枯
暗色思愁女姝
姝露！姝露！
滄海桑田無處

註：樂府詩集載本六言樂府詩後為長短句之詞，成立於中唐之際也。詞譜作上古調笑。

譯文

我輕輕搖著竹子，搖著竹子。月兒也淡淡陰暗，烏雲也自個兒獨處起來。雲煙中山中幽谷更顯得幽寧與枯靜，在山幽暗夜色下，思起愁念的少女啊！猶如少女般純潔的，露水啊！露水啊！人海茫茫不知哪個地方我能尋到她啊！

卜算子

去也別離愁，來也多情苦
去去來來總悵然
信物難憑據
思也惱芳姿，念也無情緒
總在離人恨水長
總為人消去

譯文

妳這一去憂愁別離之情，回來也多一份多情之苦。妳去又回來總是讓我惆悵油然而生。妳我之間的信物已經很難憑據了。思念妳也懊惱妳芳影倩姿，想念也毫無情緒可言。總是在離別之後恨水長流，多添加消瘦之愁。

更露子（一）

露更濃　懷玉女　茲念柳腰眉絮
紅蠟淚　一窗秋　好花君子逑
心酸否　莫言婉　一片春寒緣瘦
音信斷　淚憑欄　遇君再見難

譯文

三更半夜露水顯得特別重，懷念夢中的女子，憶起她的腰猶如柳一般，眉毛纖細。紅紅的蠟油如在掉眼淚。唉！一窗秋水般你可知我朝思夢想的她早已有君子相陪伴啊！我說出如此心醉言語，請妳不要在我面前提起那女子。一片春意情寒葉片纖瘦。我與她音信全斷，淚兒也早已沾濕憑欄。我想要再見到她真是困難啊！

更露子（二）

故鄉人　遊子淚　春露鶯啼雲退
思別日　欲重逢　倩姿托夢中
斜風默　路長漫　不識風寒入伴
紅蠟曳　三更倚　念君不盡期

譯文

同是故鄉的人兒離鄉背井的眼淚，鶯兒啼叫。春天的露水更顯得雲淡風清，思念與妳離別之日，想要再與妳重相見，倩影姿色祇能在夢中與妳相見。斜風細雨，路途長遠漫漫，還不知道春風露寒早已進入羅帳來，天氣漸下雪，三更半夜更覺得寒冷，我思念妳是沒有止盡啊！

一剪梅

花白飄香麗女零
窺對閣帘，空語樓鳴
梧桐桂葉散天情
庭園清清，眉鎖深深
雨打芭蕉一葉情
梅語空空，對月深深
無言蠟影染芝紅
何日逢君，難忘今酩

譯文

雪白皎潔的花兒飄來淡淡的幽香，猶如天女下凡一般。我站在樓台默默不發一語，偷偷看她在房間窗帘的她，然而祇嗅到梧桐與桂花猶如天籟般的香氣啊！

庭院蕭瑟，眉角深深鎖著，祇因為雨滴打在芭蕉上，有著我對她的一片深濃情意。梅樹對我哀憐的訴說，我卻對著月光痴痴的望著，默默無言在書房嗅到芳影，有著她那身上散發的馨香。然而什麼時候再與她重逢相見。良夜悠悠，我難忘今天為她思念喝得酩酊大醉啊！

祝英台近

玉人姻　羅帳泣　道不盡思憶
何處青樓　綠酒易失意
醒魅惱伊芳姿　春情芳醉
喚不醒　淚襟濕泌

面消瘦　試問燕兒歸期
卻道不知候　惆悵倚樓
哽咽不知透　悠思何日重逢
莫言佳女雪面貌　夢魂中嗅

譯文

聽到所愛的人結婚了，我獨自一個人在房間裡哭泣。我有說不完的相思之苦，請妳告訴我哪裡有燈紅酒綠比較讓人容易喝醉失意的地方。你知道嗎？春意情濃醒來的時候，還懊惱有她的倩影芳姿啊！我呼喚著她的名字，也喚不醒啊！眼淚濕透了衣襟，人亦慢慢消瘦起來。請問燕兒啊！你什麼時候再飛回來。我懊惱著失望獨自個兒倚靠在樓台旁邊。我悲泣說不出話來，也不知道如今人在何處。祇悠遠思念什麼時候能再與佳人重逢相聚。我請你不要告訴我，她美麗的容貌，祇因為要見到芳姿，祇能在夢裡嗅到與她相見罷了。

語言文學類 PG0178

游詠麟之古典詩詞

作　　者 / 游詠麟
責任編輯 / 林世玲
圖文排版 / 郭雅雯
封面設計 / 莊芯媚

發 行 人 / 宋政坤
法律顧問 / 毛國樑　律師
印製出版 / 秀威資訊科技股份有限公司
114台北市內湖區瑞光路76巷65號1樓
電話：+886-2-2796-3638　傳真：+886-2-2796-1377
http://www.showwe.com.tw
劃撥帳號 / 19563868　戶名：秀威資訊科技股份有限公司
讀者服務信箱：service@showwe.com.tw
展售門市 / 國家書店（松江門市）
104台北市中山區松江路209號1樓
電話：+886-2-2518-0207　傳真：+886-2-2518-0778
網路訂購 / 秀威網路書店：http://www.bodbooks.com.tw
國家網路書店：http://www.govbooks.com.tw
圖書經銷 / 紅螞蟻圖書有限公司
114台北市內湖區舊宗路二段121巷28、32號4樓
電話：+886-2-2795-3656　傳真：+886-2-2795-4100

2008年02月BOD一版
定價：240元

國家圖書館出版品預行編目

游詠麟之古典詩詞 / 游詠麟著.
-- 一版. -- 臺北市 : 秀威資訊科技, 2008.02
面； 公分. -- (語言文學類；PG0178)

ISBN 978-986-6732-87-4（平裝）

831 97002431

讀者回函卡

感謝您購買本書，為提升服務品質，請填妥以下資料，將讀者回函卡直接寄回或傳真本公司，收到您的寶貴意見後，我們會收藏記錄及檢討，謝謝！

如您需要了解本公司最新出版書目、購書優惠或企劃活動，歡迎您上網查詢或下載相關資料：http:// www.showwe.com.tw

您購買的書名：________________________________

出生日期：________年________月________日

學歷：□高中（含）以下　□大專　□研究所（含）以上

職業：□製造業　□金融業　□資訊業　□軍警　□傳播業　□自由業

□服務業　□公務員　□教職　□學生　□家管　□其它_____

購書地點：□網路書店　□實體書店　□書展　□郵購　□贈閱　□其他

您從何得知本書的消息？

□網路書店　□實體書店　□網路搜尋　□電子報　□書訊　□雜誌

□傳播媒體　□親友推薦　□網站推薦　□部落格　□其他__________

您對本書的評價：（請填代號　1.非常滿意　2.滿意　3.尚可　4.再改進）

封面設計____　版面編排____　內容____　文／譯筆____　價格____

讀完書後您覺得：

□很有收穫　□有收穫　□收穫不多　□沒收穫

對我們的建議：________________________________

____

____

____

請貼
郵票

11466
台北市內湖區瑞光路 76 巷 65 號 1 樓
秀威資訊科技股份有限公司 收
BOD 數位出版事業部

…………………………………………………………………………………………

（請沿線對折寄回，謝謝！）

姓　名：＿＿＿＿＿＿＿＿　年齡：＿＿＿＿　性別：□女　□男

郵遞區號：□□□□□

地　址：＿＿＿＿＿＿＿＿＿＿＿＿＿＿＿＿＿＿＿＿

聯絡電話：(日)＿＿＿＿＿＿＿＿　(夜)＿＿＿＿＿＿＿＿

E-mail：＿＿＿＿＿＿＿＿＿＿＿＿＿＿＿＿＿＿＿＿